AF435436

INSTANTÁNEAS DE FICCIÓN

Selección de microcuentos

Vol. 4

INSTANTÁNEAS

DE FICCIÓN

Selección de microcuentos

Vol. 4

María Cecilia de la Vega (comp.)

Susurros Chinos

María Cecilia de la Vega
Instantáneas de ficción: selección de microcuentos, vol. 4 -1a ed.-
Córdoba: Susurros Chinos, 2022.
76 p.; 18 x 13 cm.

ISBN 978-987-88-7250-6

1. Microficción. 2. Microrrelatos. 3. Relatos Personales. I. Título.
CDD A863

susurroschinos.com

Coordinación y edición:
María Cecilia de la Vega

Miembros del proyecto:

Emilia del Valle Contreras	Patricia Mc Garry
Valentina Dagum	María Celeste Michelangeli
Mariana De Madariaga	Beatriz Petersen
Paula De Monte	Milagros Sierra
María Dolores González Ruzo	Fernando Stagliano
Gimena Leaniz	Valentina Torres

Índice

Palabras preliminares

Instantáneas de ficción, volumen 4 reúne una selección de microcuentos escritos originalmente en inglés, traducidos al español por el equipo de Susurros Chinos durante 2022.

Nuestro equipo está conformado por personas que se dedican a la traducción de manera profesional y que disfrutan de la experiencia de traducir literatura en el marco de una actividad compartida y colectiva. Cada traducción es fruto de un proceso que comienza con la lectura minuciosa, y grupal, de los textos originales y que sigue con el comentario y el debate acerca de los sentidos, las percepciones y las formas de las obras. En cada encuentro, las puestas en común del grupo exponen lo evidente: se pueden tener infinidad de miradas sobre un mismo texto. Esta multiplicidad de apreciaciones o abordajes se hace patente también al momento de trasladar un texto a otra lengua, a otra cultura. De una misma obra, no existen dos traducciones idénticas. La subjetividad del Traductor —en tanto figura responsable de la enunciación del texto traducido, de manera reconocida o pretendidamente "invisible"— se puede advertir a partir de ciertas marcas discursivas y procedimientos en el texto.

El hecho de poder compartir de manera colectiva las percepciones diversas respecto de un texto enriquece la instancia de su recepción, expande las posibilidades de su traslado y le confiere un carácter coral distintivo a la versión producida en otra lengua. Las discusiones abren derivas sobre lo ajeno, y también sobre lo propio. Con cada traducción compartida conocemos —y *nos* conocemos— cada vez un poco más.

Este año se cumplen 5 años desde que comenzamos con las actividades en Susurros Chinos. En este tiempo, se han ido sumando personas al equipo, también hubo otras que tomaron caminos diferentes, y a quienes extrañamos. Sin embargo, siempre hemos mantenido la alegría de hacer lo que nos gusta, de manera sostenida, con esos debates infinitos, circulares y, por momentos, desopilantes en los que nos embarcamos para encontrar la palabra justa, la evocación necesaria, la forma más apropiada.

Traducir microficción, en muchos casos prosa poética, es un desafío que requiere atender a las particularidades tanto de la narrativa como de la poesía. Un microrrelato es un artefacto literario de precisión, funciona como una pieza de relojería, con engranajes que deben operar en perfecta sincronía. Cada sentido expresado tiene su peso en la secuencia narrativa de la obra; y la forma que presenta el texto no se limita a reflejar un estilo literario singular, sino que cumple un rol fundamental, estético y pragmático: potencia las ideas; las moldea; comunica, sin abundar en palabras. En un microcuento, la clave está en el carácter mínimo y a la vez acabado de la obra. Las figuras literarias, los usos metafóricos, los elementos retóricos, el ritmo, y en ocasiones la rima, no son meros adornos, sino que se convierten en piezas claves que construyen sentidos y sentires desde lo material, lo sensorial y lo evocativo.

En este volumen, y en línea con los anteriores, se incluyeron piezas que abordan temáticas variadas como el amor, la nostalgia, las pérdidas, los cambios, los vínculos familiares. También se incorporaron relatos que reflejan el ritmo de vida actual y nuestro vínculo con el entorno, historias que nos permiten vislumbrar un futuro cuanto menos inquietante si no revisamos nuestra actitud hacia la vida y hacia el planeta. En la compilación, se le ha dado lugar, además, a lo sobrenatural y lo sorprendente, que es tan característico de este género y que, por su carácter extraordinario e inesperado, siempre resulta muy desafiante para trasladar.

En nuestras traducciones, hemos procurado utilizar léxico y rasgos morfosintácticos del español que son compartidos a nivel global, atendiendo a que nuestra audiencia pertenece a culturas y tradiciones de las más variadas en el mundo hispanohablante.

Para concluir, agradecemos de corazón a Amy Barnes, Andrew Bertaina, Michael Cocchiarale, Corey Farrenkopf, L. Mari Harris, Ruth Joffre, Lee Kimber, Melissa Llanes Brownlee, James Montgomery, Cheryl Pappas, Susan Triemert y Eric Scot Tryon, que con gran generosidad aceptaron formar parte de este volumen con sus relatos y respondieron a nuestros pedidos con celeridad y la mejor disposición.

A nivel personal, toda mi gratitud para quienes conforman el equipo de Susurros Chinos, que siempre me acompañan y dedican tiempo de su vida personal a trabajar conmigo, con compromiso y profesionalismo, para concretar cada proyecto que emprendemos.

María Cecilia de la Vega
Coord. Susurros Chinos

Una chica le pide a una estrella

Ruth Joffre

¿Y quién puede decir que esa estrella, por capricho, no decida responder? ¿Quién puede decir con certeza que una estrella elegida al azar una noche fría de otoño no puede dominar todos los misterios del cosmos y escuchar a cientos de años luz de distancia este deseo que la chica no se atreve a pronunciar en voz alta? Un deseo tan pequeño y secreto que solo se permite pensarlo una vez, sentada junto a la fogata a las doce y media de la noche, luego de que la mayoría de las exploradoras de su tropa ya se fueron a dormir y la dejaron casi a solas con Silvia (Sil), la chica que le gusta, la que usa pantalones cortos incluso en invierno y se teje gorros divertidos con forma de criaturas del bosque y jamás se afeitó las piernas porque, como ella dice: «Es un aislante natural, ¿por qué tendría que quitármelo?». ¿Y por qué esa estrella, si se le diera un momento para observar a la chica allí sentada, abrazada a sus rodillas, mientras lanza miradas anhelantes al corazón del fuego para que no las intercepte la persona equivocada…, por qué esa estrella no diría: ¡Al carajo! Esto sí que es fácil… para luego concederle el deseo a la chica, que no es ser popular o tener una piel perfecta o ingresar a la primera universidad de su lista, sino que Sil se siente junto a ella, que tan solo se siente a su lado unos minutos, mientras las hojas de otoño caen a su alrededor bajo la luz de las estrellas? ¿Es demasiado pedir?

Traducción: Susurros Chinos

Del original *A Girl Wishes on a Star*, de Ruth Joffre, publicado por *Wigleaf*, mayo 2021.

Ruth Joffre es autora de la compilación de relatos *Night Beast*. Sus textos han sido publicados en *Lightspeed*, *Nightmare*, *Pleiades*, *khōréō*, *The Florida Review Online*, *Wigleaf*, *Baffling Magazine* y en las antologías *Best Microfiction 2021* y *2022*, *Unfettered Hexes: Queer Tales of Insatiable Darkness*, y *Evergreen: Grim Tales & Verses from the Gloomy Northwest*. La autora fue coorganizadora de la serie de intervenciones artísticas *Fight for Our Lives* y fue escritora en prosa residente 2020-2022 en el centro de escritura Hugo House. En 2023, será escritora visitante en la Universidad de Washington Bothell.
Más información en su página web: ruthjoffre.org; y en Instagram: @realruthjoffre.

Monstruos marinos

Susan Triemert

El año que viene, cuando descubramos que papá se fue a vivir con su «familia gemela», nuestro picnic al atardecer será recordado como si lo estuviéramos viendo a través del aliento de una fogata. El humo ardiente mueve y desdibuja el aire de aquella costa. Mojados, con el cabello revuelto por la sal, nos amontonamos sobre una manta comprada en una venta de garaje. Acurrucados para bloquear el paso del viento caprichoso y de la arena que se levanta, mordisqueamos galletas saladas. Muy pronto esa brisa del mar ayudará a lamer nuestras lágrimas. Pero por el momento, cuando papá apoya sus rulos esponjosos sobre el regazo de mamá, ella le besa la frente y lo llama monstruo marino.

Traducción: Susurros Chinos

Del original *Sea Monsters*, de Susan Triemert, publicado por *Splonk*, noviembre 2021.

Susan Triemert es autora de la compilación de ensayos *Guess What's Different,* que fue publicada por Malarkey Books en mayo del 2022. La autora ha sido nominada para *Pushcart Prize*, *Best of the Net*, y en dos ocasiones para *Best Microfiction*. Sus textos han aparecido en la antología *Best Microfiction 2022*.
Más información en su página web: susantriemert.com.

Caballitos de carrusel

Susan Triemert

Al atravesar las puertas automáticas, alcanzó a ver el caballito mecánico junto a la máquina expendedora de bebidas. Era de esos que se balanceaban, que funcionaban con monedas de 25 centavos y emitían música estridente de calíope. Había estado allí desde que él era niño, como si se hubiera escapado de un carrusel cercano. Añoró los días en que las necesidades de su hija eran simples, cuando suplicaba por un chicle más, un videojuego más, una vuelta más —en un juego, al alcance de su mano, como este—. Si tan solo pudiera amarrarla a la montura de este caballo, curtida por el viento y por la lluvia, tomar las riendas, y salir galopando.

Traducción: Susurros Chinos

Del original *Carousel Horses*, de Susan Triemert, publicado por *101 Words*, julio 2020.

Como la bailarina de una cajita de música

L. Mari Harris

Esta chica escribe con bolígrafos de brillos, dibuja corazoncitos con brillos junto a su nombre, agrega XOXO, besos y abrazos. No juguetea con la comida ni pide levantarse. Canta con la radio, tamborilea con los dedos sobre el tablero del auto, descubre la sonrisa de su madre y le tira un beso. Usa las mangas estiradas hasta la punta de los dedos, no se mira al espejo cuando se desviste por la noche. Dice: «No sé en qué estaba pensando» cuando su madre se queda mirándola largo tiempo. Sonríe a sus docentes cuando le devuelven evaluaciones, levanta la mano cuando se hacen preguntas. Dibuja pequeñas dagas en su cuaderno. Sonríe sonríe sonríe. Da vueltas en la cama por la noche; rechina los dientes; se clava las uñas en el vientre, los muslos, los brazos; grita en sueños. Esta chica baila cuando sale a la luz. Gira hasta que se cierra la tapa. Y se repliega en la hermosa oscuridad.

Traducción: Susurros Chinos

Del original *Girl As Music Box Ballerina*, de L. Mari Harris, publicado por *Milk Candy Review*, marzo 2021.

L. Mari Harris, escritora estadounidense, vive en Los Ozarks. Sus relatos han sido seleccionados para *Wigleaf Top 50* y *Best Microfiction*.

Más información sobre su trabajo en redes sociales: @LMariHarris; y en su página web: lmariharris.wordpress.com.

Cómo curar la soledad

Cheryl Pappas

Abrázala como a una vieja amiga que no has visto desde la secundaria, que te gustaba en secreto, que ahora vive a un pueblo de distancia, donde crecieron, que no está casada ni unida a nadie a excepción de un perro nuevo después del divorcio, que ahora te mira de cierta manera mientras te alcanza el sacacorchos para el vino que compartirán en el balcón de tu departamento con vista a aquel río al que alguna vez fuiste con ella a nadar a los quince años, cuando casi, por poco, la besas cuando salió a la superficie, cuando el sol empezaba a ponerse, cuando el sol brillaba con fuerza solo sobre los pinos, cuando lanzaba una luz intensa sobre su rostro resplandeciente, cuando te reíste en vez de intentarlo, cuando te maldijiste aquella noche, a solas, en la cama, con pena y arrepentimiento, ese que hoy regresa a tu lado a los tumbos, preguntando si desearías volver a intentarlo.

Traducción: Susurros Chinos
Del original *How to cure loneliness*, de Cheryl Pappas, publicado por *Wiglea*f, abril 2022.

Cheryl Pappas, escritora estadounidense, vive en las afueras de Boston. Su compilación de microficción *The Clarity of Hunger* fue publicada por word west press en 2021. En la actualidad, está trabajando en una novela que es una versión contemporánea del cuento de hadas *Hansel y Gretel*.

Más información en Twitter y en Instagram: @fabulistpappas; y en su página web: <u>cherylpappas.net</u>.

Sirena

Cheryl Pappas

En la comida del 4 de julio, esa en la que toda la familia terminó con una borrachera tremenda, acampé bajo la mesa de la cocina. Por debajo del grueso mantel rojo, conté veintiocho piernas. Caminaban rápido sobre el piso de linóleo, sus voces pedían papas fritas, mostaza, más cerveza. Sus sandalias o sus zapatillas Converse dejaban briznas de pasto antes de que la puerta corrediza se abriera y cerrara de nuevo. Era fácil distinguir a los hombres de las mujeres, por todos los pelos. Si se miran muchas piernas, empiezan a parecer piernas de robot: se mueven con una misión. Estaba a punto de intentar dormir una siesta cuando vi que una falda esmeralda se deslizaba, suaves piernas de nailon sedoso, rematadas con tacones de charol negro. Ella había venido caminando por la vereda, nada de pasto. La tía Marilyn. El viejo tío Leo estaba en el otro extremo de la cocina, bebiendo una cerveza Schlitz.

—Acabo de volver de Sevilla —dijo ella, como si recién llegara del supermercado—. Hacía mucho calor.

La parte de atrás de sus tacones estaba tan cerca que podía tocarlos.

—Siempre fuiste una estrella, Marilyn —balbuceó el tío.

Luego salió arrastrando los pies, y ella se inclinó y levantó el mantel para verme. Su pelo rojo fuego siempre me impresionaba, aunque combinaba con el mío.

—Hola, fueguita.

—Hola, fuegota —dije.

Me tomó la mano.

—Te traje algo de España. Es un amuleto de la suerte —colocó un elefante rosa de plástico en la palma de mi mano y cerró mis dedos alrededor de él—. Nunca lo pierdas. No sabes cuándo podrías necesitarlo —dijo.

Papá pensó que el castigo más apropiado por no haber hecho los deberes otra vez era arrancar mi estantería de la pared y romper todo lo que había en ella. Acomodé el desorden después de que se fue, el olor a cerveza barata todavía flotaba en el aire. Mi elefantito había perdido parte de la trompa. Me pregunté si sería allí donde residía la suerte.

Ahora, mientras vacío una botella de whisky por el inodoro de un hotel en París, me quedo mirando el elefante rosa descolorido sobre la mesada del baño. Me ha acompañado en todos mis viajes. A veces me pregunto dónde reside la suerte. A veces lo sé.

Traducción: Susurros Chinos

Del original *Siren*, de Cheryl Pappas, publicado por *No Contact Mag*, mayo 2021.

Ella ha perdido algo otra vez

Melissa Llanes Brownlee

Ella es propensa a perder cosas. Un zapato por aquí. Un anillo por allá. Los peces las encuentran en sus barrigas. Los árboles echan raíces a su alrededor. Tiene todo un lago lleno de cajas de peces repletos de tesoros. Todo un bosque con sus zapatos caprichosos incrustados, perdidos cuando decidió que era mejor huir del príncipe que quedarse a la fiesta. Demasiados príncipes. Demasiadas fiestas. Si tan solo los príncipes supieran que podrían prescindir de la dote si nada más fueran a pescar al lago, en lugar de intentar pescarla a ella con sus cumplidos de pechos de mango y labios de betel —como si ser comparada con comida o especias tuviera algo de atractivo—. Con gusto dejaría que un millón de brazaletes se deslizaran por sus brazos hasta las bocas abiertas de los peces en lugar de esperar a que un príncipe la atrapara.

Traducción: Susurros Chinos

Del original *She Has Lost Something Again*, de Melissa Llanes Brownlee, publicado por *The Birdseed*, diciembre 2021.

Melissa Llanes Brownlee (ella), escritora nativa de Hawái, vive en Japón y es Máster en Bellas Artes en Ficción por la Universidad de Nevada, Las Vegas. Sus textos han sido publicados en *Best Small Fictions 2021*, *Best Microfiction 2022* y *Wigleaf Top 50 2022*.

Es autora de *Hard Skin*, una compilación de relatos cortos, de Juventud Press, y de *Kahi and Lua: Tales of the First and the Second*, una novela de microficción, de Alien Buddha Press.

Más información en Twitter y en Instagram: @lumchanmfa; y en su blog: melissallanesbrownlee.com.

Un *grand jeté* es una apertura en el aire

James Montgomery

Lo lleva en su aliento-sangre-huesos, pero igual sabe muy bien que *plié* también significa doblar; *dégagé*, soltar; *brisé*, romper.

Los jueces esperan.

Respira hondo, bien profundo, luego se mueve, y es una sombra para su cuerpo, la cabeza en alto como la esperanza, cuando se lanza, salta...

...y el aire se abre, y ella tiene cuatro años y

mira el vuelo fugaz de los ángeles, seis, una ráfaga de rubor, nueve, once, trece, la intermitencia sin fin de ensayo-práctica-ensayo-práctica, dieciséis, el centro del escenario, el repiqueteo extasiado de su corazón que resuena con la oleada de aplausos, dieciocho, aquí, viva, ahora, mientras se dispara desde la cresta del presente, hacia adelante.

Traducción: Susurros Chinos

Del original *A Grand Jeté is a Split in the Air*, de James Montgomery, publicado por *National Flash Fiction Day NZ*, junio 2022.

James Montgomery tiene textos publicados en *Maudlin House, Gone Lawn, Twin Pies Literary, Ellipsis Zine, Janus Literary, FlashFlood Journal, The Hungry Ghost, Truffle Magazine*, entre otros sitios. Ganó el *Best Micro Fiction Prize* en el retiro de los

West Awards de 2021 y ha sido nominado para *Best of the Net*. Vive en el Reino Unido.

Más información en: jamesmontgomerywrites.com; y en Twitter: @JDMontgomery_.

Cuando papá vino a casa por última vez

James Montgomery

Me compró un unicornio. Dije que era un caballo estúpido, pero me mostró el cuerno y todo. Dijo que solo quienes creían podían verlo. Luego se arrodilló y dijo algo como perdón, pero yo ya me estaba ocupando de alimentarlo con polvo mágico.

Un día, cuando escuché gritos y ruidos, papá me dijo que él y mamá estaban atrapando a un duende. Dijo que no les gustaba compartir sus ollas de oro. Tenía los ojos redondos cuando dijo eso, redondos como monedas grandotas.

Luego, una noche, cuando mamá no estaba, encontré a papá con una sirena. Todo su cuerpo brillaba. Se tambaleaba al caminar. Papá se enojó. Dijo que yo había arruinado toda la diversión. Dijo que ella iba a ser una sorpresa. En ese momento, la sirena soltó una risita. Me tiró un beso. Papá se llevó el índice a los labios. Dijo no le cuentes a tu mamá.

Pero le conté. Y fue entonces que llegó el dragón. No lo vi, pero lo oí, rugiendo muy fuerte detrás de la puerta de la cocina. Grité y grité.

Ahora no sé adónde fue papá. Cuando le pregunto a mamá, parece perdida en alguna tierra lejana. Mientras me acaricia el pelo, dice que está afuera, buscando hadas y duendecillos y diablitos, y otras criaturas místicas.

Traducción: Susurros Chinos

Del original *When Daddy Last Came Home*, de James Montgomery, publicado por *FlashFlood*, junio 2022.

Florecer

Andrew Bertaina

Como el cerezo silvestre que fulgura rosado en el jardín, quizás algún día también floreceré. Imagino que sucederá una tarde al final de la primavera, después de la ligera lluvia matinal. Estaré leyendo el diario y fumando un cigarrillo. De pronto, la sangre en mis venas se volverá lenta y espesa con la plenitud de las cosas. Me levantaré rápido y caminaré calle abajo, llamando la atención de quienes me cruce, para que también puedan ver como broto desde el interior —las piernas transformadas en nudos de raíces; los brazos, en ramas delgadas; los dedos, en sutiles flores rosadas—. Dejaré de recorrer la cuadra preguntando sobre política o sobre la próxima lluvia. Dejaré esas charlas interminables sobre quién se está divorciando o si este invierno duró más que el anterior. Toda mi vida consistirá en absorber la luz, remover la tierra, deleitarme con el canto de las aves que ulula como el viento, dar la bienvenida a las patas gentiles de las abejas que llegan con suavidad atravesando el aire cristalino de la mañana, dedicarme a las cosas simples de la vida que durante tanto tiempo descuidé.

Traducción: Susurros Chinos

Del original *Flowering*, de Andrew Bertaina, publicado por *Cease, Cows*, mayo 2022.

Andrew Bertaina ganó el *Moon City Press Fiction Award* (2020) por su compilación de cuentos *One*

Person Away From You (2021). Sus textos han sido publicados en *The Threepenny Review*, *Witness Magazine*, *The Normal School*, *Open bar at Tin House* y *The Best American Poetry*. El autor tiene un Máster en Bellas Artes por la Universidad Americana de Washington, DC. Su obra está disponible en su página web: <u>andrewbertaina.com</u>.

Partida

Andrew Bertaina

Le pregunté cuál había sido el mejor recuerdo de su vida, y ella dijo, después de una pausa, mientras el polvo se asentaba en la luz cubierta por telarañas, y un estornino se posaba en las ramas de un árbol de damasco afuera, mientras la televisión trataba de vendernos una marca de pegamento altamente efectiva, y mientras mi hijo jugaba con un Transformer en la habitación contigua, mientras yo respiraba profundo, mientras la gravedad seguía ejerciendo presión contra la Tierra, manteniéndonos estables, cuando a menudo nos sentíamos a la deriva, preguntándonos si la gravedad no era nuestro estado natural, si no estábamos destinados a flotar por el mundo hasta que nos crecieran alas o huesos duros como rocas para lidiar con todo lo que el mundo nos había arrojado, el cáncer de huesos, la impotencia de la niñez, el comentario hiriente de un padre en nuestra graduación, la vez que perdimos las eliminatorias de las ligas menores y lloramos todo el camino a casa, esperando que el tiempo comenzara a desenmarañarse para poder volver atrás y enmendar los errores del pasado; en ese instante, ella me dijo que el mejor momento de su vida, mientras estiraba sus manos envejecidas, tomaba la mía y la sostenía suavemente entre sus palmas, era estar sentada allí junto a mí, en la habitación trasera de la casa vieja, la luz entrando justo por encima del rosal, casi muerto ahora, donde años anteriores habíamos enterrado a los gatos, mientras mi hermano estaba en la habitación contigua atendiendo los asuntos que debían ser atendidos, y mi hermana colocaba con cuidado el desayuno sobre la mesa, mientras el cielo todavía proyectaba luz como si nada fuera a cambiar un carajo, cuando todo dentro de la habitación y de mi vida había estado tan jodido por tanto tiempo, pero entonces todavía la parcela de patio donde todos de niños habíamos trabajado por años, arrancando hierbas, acarreando piedras por todo el lugar, trasladando grava, formando montículos, haciendo un jardín inglés del aburrido pedazo de tierra, y ahora todo menos el rosal y el damasco se había ido al carajo, la maleza creciendo en los caminos, y el estanque que habíamos excavado y revestido volvió a taparse, todos estos recordatorios del paso del tiempo, y mi madre diciéndome, con su mano cálidamente apoyada sobre la mía, que este era el mejor momento de su vida, los dos juntos, esperando a que ella partiera.

Nota del autor

En la niñez, todos trabajamos en el jardín de nuestra madre y convertimos una parcela cubierta de hierba en algo hermoso. La casa se vendió, y ahora el jardín ya no está. En este texto, creo que estaba lamentando la pérdida de ese espacio y de lo que significaba, un hogar, una niñez, y por supuesto, la pérdida de mi madre, que espero no sea hasta dentro de mucho tiempo.

Traducción: Susurros Chinos

Del original *Passing*, de Andrew Bertaina, publicado por *matchbook*, diciembre 2019.

Conjugado

Michael Cocchiarale

A mamá le estaba dando trabajo su francés en el columpio del porche. Apurado, brusco, me tomé solo unos segundos para corregirla: «Désirer: verbo regular. Voler. Détester. La conjugación es la misma».

«Merci» susurró, al tiempo que se estremecía. Le quedaba ropa por lavar y un experimento con cassoulet.

Aquella noche en el estacionamiento de la tienda, une jeune fille —una jovencita— se ocupó de mí. Ya en casa, destruido, abrí la lata para encontrar carne embebida en una sopa de grasa.

Mamá nunca terminó el curso. La carrera. Hoy me dijeron que había muerto sola. Mourir, recordé: uno de esos irregulares desalmados.

Apenas supe por dónde empezar.

Traducción: Susurros Chinos

Del original *Conjugate*, de Michael Cocchiarale, publicado por *National Flash Fiction Day NZ*, junio 2022.

Michael Cocchiarale es autor de la novela *None of the Above* (Unsolicited, 2019) y de dos compilaciones de relatos cortos: *Here Is Ware* (Fomite, 2018) y *Still Time* (Fomite, 2012). Sus textos han sido publicados en revistas como *Fictive Dream*, *The Journal of Compressed Creative Arts*, *South Florida Poetry Journal* y *The Disappointed Housewife*. Es profesor adjunto de Inglés y de Escritura Creativa en la Universidad Widener de

Chester, Pensilvania (EE. UU.). Más información en su página web: michaelcocchiarale.wordpress.com.

Al final, ¿acaso las epifanías no son lo mejor?

Michael Cocchiarale

Aquel primer día de clases, él lo supo y dijo: «Cada persona es única». La maestra Freytag sonrió, incrédula: ¡esa iba a ser su lección para octubre!

A los diez, una semana antes de que la abuela muriera, supo que no había que tomarse la vida a la ligera. Poco después, supo que lo que no te mata te fortalece. En el acto de graduación de la secundaria, mientras todos celebraban, supo que la vida jamás volvería a ser tan fácil.

Se corrió la voz. En la universidad, se volvió famoso: algo que había anticipado a un kilómetro de distancia. En una entrevista le plantearon: «¿Sabes que no puedes conseguir todo lo que deseas?». El joven habría reído, de no haber sabido hacía mucho tiempo que el orgullo precede a la caída.

Más adelante, en sus ansiosos y transitorios veinte años, fueron muchas las penas que se ahorró al entender las cosas con sobrada antelación. Esquivó las drogas. Las deudas con las tarjetas de crédito. Las relaciones desacertadas debido a embarazos o sentimentalismos.

En su fiesta de cumpleaños número treinta, le presentaron a su futura compañera. Por supuesto, supo de inmediato que era la indicada, al menos para la siguiente etapa de su vida.

A los cuarenta, previó que su hijo no iba a permanecer pequeño por siempre.

A los cincuenta, una inquietud: ¿se había dado cuenta de todo?

«¿Cuál es el problema?», preguntó su esposa, manteniendo distancia, como él supo que ella haría.

Él podría haberle dicho «No sé», si momentos antes no hubiera sabido de los peligros de la autocomplacencia. Sin embargo, estuvo cerca. Le reconfortó pensar en lo que había sabido hacía mucho tiempo: el día siguiente sería un nuevo día.

Años más tarde, solo en su jardín, levantó la vista del libro que estaba terminando, pasmado al darse cuenta de lo triste que era haber sabido todo de antemano. Se masajeó la garganta. Examinó los arbustos tupidos que delimitaban su jardín. Dios, esos gritos febriles, el estruendoso apocalipsis de los cascos.

Nada —lo supo demasiado tarde— podría

evitar que el enemigo arrasara por todos los flancos.

Traducción: Susurros Chinos

Del original *In The End, Aren't Epiphanies The Best?*, de Michael Cocchiarale, publicado por *The Cabinet of Heed*, abril 2021.

Nos preocupamos por los gatos

Eric Scot Tryon

El chillido de las alarmas se puede oír a dos cuadras a la redonda. Así que abandonamos nuestros departamentos, esos bloques que se apilan uno arriba del otro como Legos. Once pisos en total. Abandonamos nuestros departamentos quejándonos porque prueban el sistema un lunes por la mañana, un aviso habría estado bien, un correo electrónico, una nota en las puertas. Algunos todavía estamos en pijama, con un cereal rebelde pegado en el mentón; otros tienen el cabello mojado y medias dispares, están sin zapatos, todos arrastrados como un mar de cucarachas que salen de atrás de tostadoras, microondas y rodajas de pan olvidadas. Nos sentamos desperdigados, bajo los árboles, en bancos y escalones de cemento. Nos mantenemos distantes de los vecinos desconocidos, de los hombres a los que sonreímos en los ascensores, de las mujeres a las que saludamos con la cabeza en el sector de los buzones.

El chillido de las alarmas se puede oír a dos cuadras a la redonda. No se detiene pasado un minuto como esperábamos. Ni cinco, ni diez. Nos sentamos desperdigados, bajo los árboles, en bancos y escalones de cemento. Las narices pegadas a los celulares. Miramos los porcentajes de las baterías como si fueran bombas de tiempo, imaginando los cargadores en las mesas de luz, en las mesadas o conectados a las computadoras portátiles. Uf, cómo los extrañamos. Las narices pegadas a los celulares. Jugamos al Candy Crush, mandamos mensajes a nuestras madres, escribimos correos electrónicos con pulgares entrenados a nuestros jefes.

El chillido de las alarmas se puede oír a dos cuadras a la redonda. Algunos tratamos de contactar a la administración. Esto es inaceptable. Tenemos reuniones por Zoom a las que asistir, tenemos gatos asustados debajo de las camas, tenemos vidas que vivir en esos bloques que se apilan uno arriba del otro como Legos. Once pisos en total. Miramos los porcentajes de las baterías como si fueran bombas de tiempo. Los números bajan con rapidez en cuenta regresiva, como la maldita cuenta regresiva de año nuevo. ¿Qué hacemos con ese último porcentaje? ¿A quién le enviamos mensajes? ¿Qué muro visitamos? ¿A qué foto le damos me gusta? Cuando las pantallas se apagan, miramos a nuestro alrededor y nos preguntamos cuál de estos vecinos desconocidos es aquel que oímos pelear del otro lado de la cocina y decirle cosas a su esposa que solo se oyen en las películas. Miramos a nuestro alrededor y nos preguntamos cuál de estos vecinos desconocidos es aquel que llora por las noches justo encima de nuestra cama. Mientras estamos acostados, revisando las pantallas hasta dormirnos, el sonido de sus sollozos se convierte en el ruido blanco que al final nos duerme. Miramos a nuestro alrededor y tratamos de asociar las caras nuevas con las vidas que oímos del otro lado de las paredes.

El chillido de las alarmas se puede oír a dos cuadras a la redonda. Extrañamos los cargadores, nos preocupamos por los gatos, nos preguntamos por los vecinos desconocidos. Y entonces lo vemos. El humo que sube en espiral desde la terraza como un fantasma rabioso. Esto no es un simulacro. Tomamos como locos nuestros teléfonos muertos para sacar fotos, para tuitear todo en mayúsculas, para enviar un mensaje a nuestro amigo en Boston.

Traducción: Susurros Chinos

Del original *We Worry for Cats*, de Eric Scot Tryon, publicado por <u>*Milk Candy Review*</u>, mayo 2022.

Eric Scot Tryon es un escritor de San Francisco. Su obra ha aparecido o se publicará en *Glimmer Train*, *Willow Springs*, *Pithead Chapel*, *Los Angeles Review*, *Pidgeonholes*, *Monkeybicycle*, *Cease*, *Cows*, *Longleaf Review*, *Berkeley Fiction Review*, entre otros sitios. El autor también es el editor fundador de *Flash Frog*.
Más información en su página web: <u>ericscottryon.com</u>; y en Twitter: @EricScotTryon.

Winnebago

Corey Farrenkopf

A principios del verano, cuando florecen las enredaderas entre las ruedas de la vieja Winnebago de mi suegro, Sarah saca fotografías para pintar la imagen de un florecer eterno en la cuenta de Airbnb: pétalos amarillos que estallan junto a la puerta teñida de óxido de la casa rodante. Para pagar la hipoteca, dice. En esta ciudad teñida de herrumbre, abandonada cuando la industria se fue a pique, no tenemos atracciones turísticas, parques nacionales ni zonas teatrales. Solo tenemos una vieja planta de plásticos, una tienda de muebles incendiada y un negocio de artículos de pesca que funciona como centro comunitario. El único modo de conseguir que alguien haga una reserva es publicitando que la casa rodante está embrujada, y tal vez lo esté, con su revestimiento amarillo descolorido, el interior forrado con tela de color naranja pálido, y ese olor a té de hierbas y a velas con perfume de arándanos. El colchón es bastante nuevo, lo compré para mi suegro hace tres años, cuando lo instalamos en el patio trasero, a una distancia prudente desde donde observar su deterioro.

∗∗∗

Yo soy el que se ocupa de la limpieza de la Winnebago.

Sarah no entra. Le recuerda demasiado a su padre, sentado en la mesita, tomando té mientras intentaba resolver su crucigrama.

—Todavía lo escucho preguntar por alguna palabra de seis letras para una lechuga poco común —dice.

La cuenta original de Airbnb no mencionaba el fantasma ni la mentira del fantasma. El anuncio sí mencionaba la ducha en buen estado, el desayuno con huevos orgánicos y tostadas, la distancia hasta el arroyo del bosque, las especies de aves migratorias que llegan con el otoño.

***

Sorprendo a Sarah mirando por las ventanas traseras de la casa a la noche, o temprano por la mañana, con la vista perdiéndose en dirección a la Winnebago, como quien rastrea algún movimiento, el tremor de un rostro en una ventana, unas manos que rozan las cortinas de encaje.

—¿Qué estás mirando? —le pregunto.

—Solo estoy mirando.

***

Sarah no administra nuestra cuenta virtual. Sarah no aporta demasiado a nuestro emprendimiento de alquiler. Sí se encarga de preparar el desayuno y dejarlo sobre el capó de la casa rodante a la hora requerida por nuestros huéspedes.

—¿Lo vieron? —pregunto a los visitantes cuando mi esposa no está.

—Nada —responden en español.

Otras veces dicen:

—Sentí que me atravesaba un escalofrío cuando me fui a dormir.

No les digo que el calefactor está roto, que las ventanas ya no son tan herméticas como antes.

—¿Ningún viejo sentado a la mesa haciendo crucigramas?

—No, solo las botellas de cerveza de anoche.

***

Nuestro puntaje no es alto. Quienes dejan reseñas dicen que no experimentaron lo sobrenatural, según lo prometido. En ninguna parte de la cuenta garantizamos un avistaje. Solo la posibilidad. Algo potencial. ¿Serían los fantasmas tan atractivos si los viéramos todo el tiempo? No. Las apariciones son acontecimientos raros. Por lo menos, eso es lo que explico en la sección de comentarios.

Nuestro puntaje cae, pero los visitantes se siguen quedando durante los fines de semana largos. El dinero no es gran cosa, pero el ingreso extra nos ayuda a pagar las cuentas, a cubrir el costo del techo nuevo que necesitamos.

—¿Por qué siguen viniendo? —pregunta Sarah, mientras mira por la ventana, esta vez para seguir a la joven pareja de huéspedes, para observar cómo sonríen, cómo comen de costosos potes de helado comprados en el negocio de la esquina.

—No sé. La novedad. Decir que visitaron un lugar del que nadie sabe —respondo.

—Ojalá papá se hubiera sentido así de feliz allá afuera.

—Ey, sabes que le encantaba tenerte cerca, a unos pasos —digo, mientras le toco la mano por encima de la mesada.

—No parecía que tuviera muchas ganas de quedarse.

Entonces mira por la ventana en dirección a la Winnebago y a la joven pareja que está encendiendo una fogata en una llanta vieja que enterré en el suelo.

***

Cuando limpio la casa rodante, dejo el crucigrama del domingo sobre la mesa. Siempre espero encontrar un mensaje garabateado en los espacios en blanco, unas pocas palabras para llevarle a Sarah, algún designio oculto de su padre, cifrado en extravagantes juegos de palabras y datos confusos. Pero fui yo el que armó la cuenta, el que inventó los relatos de los testigos oculares.

Sarah nunca explicó lo que veía por la ventana de la cocina.

Mi mente aportó lo del espectro gris, no la suya.

Siempre termino de limpiar antes de que los próximos inquilinos vengan a buscar la llave y dejo el crucigrama sobre la mesa.

—Es una atención —explico a nuestros

huéspedes—. El crucigrama lo invoca. Él era un hombre de palabras. No hay mejor señuelo.

—¿Qué pasa si escribe algo? —preguntan.

—Entonces me traen el papel. El mensaje no será para ustedes, lo prometo. Hay una persona muy querida a la que realmente le vendrían muy bien esas últimas palabras.

Les prometo un descuento del quince por ciento si me lo traen.

Pero no lo hacen.

Traducción: Susurros Chinos

Del original *Winnebago*, de Corey Farrenkopf, publicado por *SmokeLog Quaterly*, mayo 2022.

Corey Farrenkopf vive en Cabo Cod, Massachusetts, con su esposa, Gabrielle, y trabaja como bibliotecario. Es el editor de ficción de *The Cape Cod Poetry Review*. Sus textos han aparecido en *The Southwest Review*, *Three-Lobbed Burning Eye*, *SmokeLong*

Quarterly, *The Florida Review*, *Reckoning, Bourbon Penn*, *Tiny Nightmares*, *Flash Fiction Online*, entre otras publicaciones.

Más información en Twitter y en TikTok: @CoreyFarrenkopf; en Instagram: @Farrenkopf451; y en su página web: coreyfarrenkopf.com.

Alma mater

Amy Barnes

Me ubico en el asiento de terciopelo raído del tren para recorrer la ciudad de mis padres, con ellos como guías. Miramos juntos el mapa mientras señalan puntos de referencia y referencias puntuales. *Ahí está nuestra escuela.* Lo dicen al unísono, uniformados con abrigos aburridos y cerrados, y con labios igual de cerrados, entrenados para seguir llevando un boleto que alguien picará, mientras, molestos, se lanzan picotazos. Sus palabras son escuetas, desgastadas por años de ocultar la soledad y la irracionalidad y la maldad y todas las «dades» dadas. En el almuerzo, comemos los típicos sándwiches triangulares del tren, envueltos en celofán, que no alcanzan a llenar el vacío y saben a polvo y a aserrín y a sogas salvavidas cercenadas. *Mira*, dicen de nuevo y, obediente, estiro el cuello hacia la ventana para ver el lugar cerca de los casilleros donde se besaron, donde quedaron encasillados con anillos dorados y chaquetas estampadas. Están pegados para siempre en el papel amarillento del anuario, archivados en un vestido de terciopelo y perlas, y en un traje de piernas delgadas, de corbata delgada, usados solo ese año. Hay azucenas en la muñeca de mi madre en el baile de graduación y azucenas en el ramo de bodas, en el vestido de brocado no blanco, en el nombre de su única hija. El conductor anuncia nuestra parada, y respiramos aliviados por terminar el viaje. Mi madre lo mira con resentimiento, como si fuera un chaperón o como si en el bolsillo tuviera una petaca con vodka para el ponche. Pasamos por mi casa de bebé, que cobijó a mi yo bebé, donde me hamacaban en brazos a dúo, sonriendo. Mi padre compra una flor blanca para mi madre en un puesto de la esquina, y juntos bailan en la calle.

Traducción: Susurros Chinos

Del original *Alma Mater*, de Amy Barnes, publicado por *Indigo Literary Journal*, abril 2021.

Amy Barnes tiene relatos publicados en *The Citron Review, JMWW Journal, Janus Lit, Flash Frog, No Contact Mag, Leon Review, Complete Sentence, Cease, Cows, Gone Lawn, The Bureau Dispatch, Nurture Lit, X-R-A-Y Lit, McSweeney's, SmokeLong Quarterly*, entre otros sitios. Ha sido nominada para *Best of the Net, Pushcart Prize, Best Microfiction*. Fue seleccionada para la lista larga de *Wigleaf 50 2021* e integró *Best Small Fictions 2022*. Es editora asociada en *Fractured Lit*, co-editora en *Gone Lawn*, editora asistente en *Ruby Lit* y lee para *NFFD*, *CRAFT*, *Taco Bell Quarterly*, *Retreat West*, *The MacGuffin* y *Narratively*.

Más información en Twitter: @amygcb; y en Mastodon: @amygcb@writing.exchange.

El hombre que se hace fotografiar en Sears y nunca vuelve

Amy Barnes

Cuando viene Jesús, le ofrezco laca Final Net para darle forma a su cabello largo hasta los hombros. *Sin filtros*, dice. *No me atrevería*, le digo, pero ya debería saberlo: este es un estudio fotográfico de centro comercial. Elegí la lente para cabello rubio y ojos azules. *¿Has pensado en modelar?* pregunto y lo imagino montado a caballo por la playa o vestido de pirata en la portada de una novela romántica. Niega con la cabeza, recordándome que vino por trabajo: un sencillo retrato para biblias y fotos de stock. Compra solo el paquete básico y promete regresar en tres días.

Traducción: Susurros Chinos

Del original *The Man Who Has His Picture Taken at Sears and Never Comes Back*, de Amy Barnes, publicado por *National Flash Fiction Day NZ*, junio 2022.

Robados

Lee Kimber

Las carreteras y las represas se tragaron nuestros baobabs. El agua solo sale de las griferías, y las lámparas eléctricas son nuestras fogatas.

Compro zapatos rojo sangre. Paso bailando al lado de mi gente en la parada del autobús. Voy bailando hasta nuestro campamento. Mamá me mira los pies y dice: «¿Pa' qué te compraste lo' zapato' eso'?». El tío Jack los señala, se ríe, derrama su bebida. La tía le mira la botella.

Los acantilados bajo la represa están vacíos; su agua, robada para iluminar el pueblo.

Me quito los zapatos. Los palitos y la grava roja vuelven a arañarme los pies. Veo los zapatos girar en el aire, pero no los veo golpear el agua.

Nota de la autora

Inspirado en un video de David Bowie, el microcuento *Stolen* [*Robados*] es una versión abreviada de un texto que escribí para exponer la complacencia en torno al racismo profundamente arraigado que sufrí de adolescente en Queensland. Mi intención es que, al leer, las personas reparen en las heridas provocadas por esta injusticia.

❦

Traducción: Susurros Chinos

Del original *Stolen*, de Lee Kimber, publicado por *National Flash Fiction Day NZ*, junio 2022.

Lee Kimber, escritora neozelandesa, vive en la región de Waikato. Cuando no está escribiendo o trabajando con estudiantes, o con otros escritores, o pasando tiempo con su familia, es probable que esté viajando por el mundo. La autora ha publicado dos libros infantiles, varios textos cortos en antologías y, en la actualidad, se encuentra trabajando en una novela de microficción.

Más información en su página: kimberwrite.nz; en Facebook; o vía correo electrónico: kimberwrite@gmail.com.